北岳诗库

孔令剑
— 主编 —

日　象

JIN HOU
WORKS

晋侯————————著

山西出版传媒集团　北岳文艺出版社

·太原·

图书在版编目（CIP）数据

日象 / 晋侯著 . — 太原：北岳文艺出版社，2018.7
（北岳诗库 / 孔令剑主编）
ISBN 978-7-5378-5629-4

Ⅰ . ①日… Ⅱ . ①晋… Ⅲ . ①诗集－中国－当代
Ⅳ . ① I227

中国版本图书馆 CIP 数据核字（2018）第 139765 号

书　　名：日　象
著　　者：晋　侯
策　　划：续小强
责任编辑：王宜青
书籍设计：张永文
印装监制：巩　璠

出版发行：山西出版传媒集团·北岳文艺出版社
地　　址：山西省太原市并州南路 57 号
邮　　编：030012
电　　话：0351-5628696（发行部）
　　　　　0351-5628688（总编室）
传　　真：0351-5628680
网　　址：http://www.bywy.com
E - mail：bywycbs@163.com
经 销 商：新华书店
印刷装订：山西万佳印业有限公司

开　　本：890mm×1240mm　　1/32
字　　数：87 千字
印　　张：5
版　　次：2018 年 7 月第 1 版
印　　次：2021 年 1 月山西第 2 次印刷
书　　号：ISBN 978-7-5378-5629-4
定　　价：36.00 元

本书版权为本社独家所有，未经本社同意不得转载、摘编或复制

策划人语

"诗歌出版"是北岳文艺出版社的重要传统。前有"黑皮诗丛",后有"天星诗库",皆为中国当代诗歌杰出诗人之重要出发地。更有"外国名诗珍藏",如今依然为广大诗歌爱好者所珍赏。

"北岳诗库"赓续如此光荣传统,其目光聚焦山西诗歌这一繁盛沃土,其旨在于不间断展示山西诗歌创作实绩,更瞩望为山西诗人造一清静小园。

"北岳诗库",是我们探求共建共享出版模式的开端。大风吹宇宙,红日照高山。祈愿"北岳诗库",如恒山一般,巍然耸立。

续小强

2018年2月2日

目 录

第一辑 日象

返乡记　/ 3

走过玉米地　/ 4

远与近　/ 5

夜里豆荚噼噼啪啪　/ 6

山顶见　/ 7

摇一株椿树　/ 8

动物志　/ 9

火车上　/ 10

梦见火光在天　/ 11

一刻钟　/ 12

寨上问答　/ 13

阴天也好啊　/ 14

盯人进门　/ 15

蝴蝶　/ 16

搭配　/ 17

猜火车　/ 18

春风整夜　/ 19

途中　　　/ 20

灵魂在手上拎着　　　/ 21

对沉重物的击打　　　/ 22

种树　　　/ 23

血管里有一辆驴车　　　/ 24

打捞沉船　　　/ 25

日象　　　/ 26

在院子里包粽子　　　/ 27

粽子　　　/ 28

脸谱　　　/ 29

瞬间被骤雨抹去　　　/ 30

昆虫留恋夏天的锯末　　　/ 31

我们在九月相见　　　/ 32

白魅影　　　/ 33

老妖　　　/ 34

垂着两条电线　　　/ 35

大雪，白磨坊　　　/ 36

脊椎里嘎嘎作响的北风　　　/ 37

香水　　　/ 39

海岛金山寺　　　/ 40

沟尔里村没人了　　　/ 41

提灯的人　　　/ 42

黑豆长出白嫩的芽　　　/ 43

过去，住在自己身体里　　　/ 44

你的利器蓬勃锐利　　　/ 45

有雨点的月夜　　　/ 46

牧羊人走在最后　　/ 47

夏至时间五点十八　　/ 48

早已失传的手艺　　/ 49

瞬间之念　　/ 50

伐木工　　/ 51

骑车瞬间停下　　/ 52

抖动一下　　/ 53

鸽子般扑腾的雨点　　/ 54

灵魂的裂纹是一致的　　/ 55

最后一闪　　/ 56

立秋的树　　/ 57

夜行记　　/ 58

没有因果的夜　　/ 59

收了豆子洗澡去　　/ 60

玉米长成少女模样　　/ 61

花们也该谢幕了　　/ 62

和鸟们一起早餐　　/ 63

彼此野　　/ 64

延误　　/ 65

拐进中石桥土路　　/ 66

晒枣　　/ 67

甘蔗　　/ 68

往城边走　　/ 69

立春之后　　/ 70

查无此人　　/ 71

邻居　　/ 72

风整夜整夜　　/ 73

不过一场梦　　/ 74

通往江边的路　　/ 75

沙滩比江面辽阔　　/ 76

途中　　/ 77

第二辑　旧作一

无题　　/ 81

雪　　/ 82

新年清晨的回忆　　/ 83

如何到达雪山　　/ 84

水经之地　　/ 85

九月之雪　　/ 86

天鹅　　/ 87

风吹过来黑暗　　/ 88

寻找　　/ 89

一个人　　/ 90

第三辑　旧作二

手中有一把石头　　/ 93

例子，由远而近　　/ 94

窗外，博物馆　　/ 95

半节课，换个房间　　/ 96

北方　　/ 97

前北屯断片　　/ 99

立春　　/ 101

内长城　　/ 102

鸟姿势　　/ 103

聆听《独想》　　/ 104

马背的黑　　/ 105

花儿　　/ 106

偷生　　/ 107

十七世纪（长诗）　　/ 108

大雪　　/ 118

乐器　　/ 119

毁灭　　/ 120

石头　　/ 121

想去老家　　/ 122

宽容的弧度　　/ 123

节奏　　/ 125

谎言　　/ 126

六行诗（13首）　　/ 127

丧纪　　/ 132

物纪　　/ 133

黑白　　/ 134

工友　　/ 135

趁着扁扁的月光　　/ 136

窑洞里的剃刀昏暗　　/ 137

鸟　　/ 138

履历　　/ 139

海　　/ 140

借我一把椅子　　/ 141

孤独　　/ 142

继续走　　/ 143

聊斋　　/ 144

记号　　/ 145

从果园出来　　/ 146

找事　　/ 147

第一辑 日象

返乡记

坐在售票厅前的
台阶上,等你出现

背后的车,北去没有理由
往南也没有理由

你在远处朝这里招手
与我擦身而过

不看我,而与背后的人
相拥而泣,也没听到我

在低语,何处不相逢啊兄弟
都上南来北往的车

2015-8-30

走过玉米地

县城的嘈杂穿透玉米地
比女鬼开会还热闹

我用歌声打断她们
喧哗终止,她们闪出来

一个顶着月亮的人
写比月亮还要灰暗的诗

女鬼们很伤悲
这个人,让他走吧

2015-8-30

远与近

那些岭子遮挡了
远山无法确认

沟壑遮挡了村庄
炊烟在泄密

沟上种满了玉米
幽绿时,你藏里面

现在熟透了
还是看不见你

2015-9-2

夜里豆荚噼噼啪啪

黑豆又黑了点
红豆也红了点

白天嘈杂,夜里恍惚
有开裂声的声音

是从身体里长出来
不由自主掉下来

豆荚一碰豆荚
晒翻个身,噼噼啪啪

2015-9-5

山顶见

你行走的单行道
隐没在树叶里

我在斑马线停下
想到了不同的路径

没有一起出发
就在别处汇合

我们都知道通往山顶
路还有另一条

2015-9-12

摇一株椿树

落下一片叶子
正望着你,叶子上的露

与周边颜色相异
泪与水相异,摇动你

叶子婆娑而下
湿了一身的雨也倾斜

从脚到头,及空气
用力摇啊,无法中止

无法连根拔起,反复动摇
只会扎入更深的土地

2015-9-28

动物志

阿布没有回来
朋友伤心了一下午

一如前些年的小白
让我等到天黑

兽命短暂,早点的晚点的
都会在天堂相遇

也许它们是一对
约好了,打过招呼

而我们忙碌着
顾不上抬头和低头

2015-10-8

火车上

他问,去过重庆吗
是的,二十八年前

这么老的年份让人沉默
我数着穿过的山洞

他说,过去的重庆
富人住山下,穷光蛋住山顶

现在相反,我笑了
旋即想到你,在华岩寺

一直在半山腰
你有什么办法

2015-10-9

梦见火光在天

很久不谈心,所谈的
都是心外之物

心不在焉,便一身轻
练习生的虚妄

有心或无心都在那里
偶尔也谈无关紧要的日子

所谓日常,结下果
都落地,我梦见火光在天

窗外积雪
渐渐退向远处

2015-12-9

一刻钟

然后,掀开花布门帘
太阳转动一刻钟

你叫我去看,时光
多缓慢,我摁下的银币

你会猜到一面
也是我祈愿的一面

我要焐暖和些
再放你手里

2015-12-11

寨上问答

近来心事重,走不动
原地修,处处修

大庙随处走,穿庙而过
庙也无庙,多开阔啊

庙堂之风,自然呵气,
一归一,修天地独一

到此无余字
不说,全说,人不懂,万物知

大地博物足生根
千年老槐地为牢

借我一壶敬三盏
一枝一叶终清零

2015-12-12

阴天也好啊

微风只是将领子
翘几下,细雨随意敲打

此刻,身不由己
身在玉米地里

干枯的碎裂的
蠢到了开春的姿势

再多响动
都是一种声音

2016-1-31

盯人进门

门打开一次
心突一下

数到六十下
发现一分钟可以这么

急促
又那么久长

2016-1-31

蝴　蝶

打铁千锤百炼
还要合住花纹

掌心的水纹，木纹
淬火后的蝶之纹

犁铧入地，比蝴蝶要轻
铁匠手舞足蹈

2016-2-14

搭 配

人与植物在一起
就和动物不一样

和动物在一起,就和人
不一样,和人在一起

就彼此嘲笑
不同的部分

    2016-2-20

猜火车

数每一棵树，它们
就连成亲密的朋友

数房子，同样会把陌生人
召集来一座屋檐下

数山川河流，就风沙翻卷
还有什么，还有什么

可数，不可数的
瞬间到面前

2016-3-5

春风整夜

破门扉挂住春风哗哗响
破门扉划开裤脚一大口

走出去,返回来
春风轻抚一整夜

满脸雪花跑啊跑
天空和花,脆弱,静谧

领走吧,说是风
也是未知的一切

2016-3-14

途 中

身体困倦
山河落魄

步行数十里
陌生人不看天
不看地
不看对面人

对面人一头埋尘里

  2016-3-15

灵魂在手上拎着

红绿灯闪几遍
后面人催促,过马路走神

哦,刚从超市出来
拎条活鱼,一路想着

它们,他们,你们
我,鱼儿扑腾一下往前钻

袋子结了扣,双层
难道想返回河里

2016-3-20

对沉重物的击打

不计次数
不念时辰

每次回声都不同
聋了也能听到

落点离开中心
销声匿迹

手都已风化了
动作还持续

2016-3-22

种 树

每棵树都是神仙
看不到生长

四季缓慢,知微而平常
若等不及,走了

就再等一轮
花开等量齐观

时空与心性
若比寺庙简洁寂寥

有所想
都遥远,不及

2016-4-4

血管里有一辆驴车

发现秘密,把长江
连上黄河都不及血管长

添加汾河,故乡的
浍河,门前沟壑也算上

还差得遥远啊遥远
血管再长,也没麻绳长

要走了要走了
骑驴在故乡

驴一思想就收脚
为啥人人都想去流浪

2016-4-21

打捞沉船

时光沉入海底
轮船被打捞上来

倒拨时针,回到出发地
财富正在进仓,可能吗

除非遗忘,感叹
最终被取走,被复活

被上帝玩笑,人们再次涌进
劫难后的空房间

    2016-5-1

日　象

起风了，一切都吹走
比梦还净

推门出来
楸树花铺满地

不会吧，梦是反的
风也一样

2016-5-3

在院子里包粽子

先生,你往哪去
风平浪静,找不到你

从他们中间走出来
从她们眼里消失

先生,来这里了就等我
捆绑好最后一枚

一起喝酒谈诗
一起生老病死

2016-6-2

粽 子

你敢
让捏着
放进一枚
花生
米
葡萄
干
小红豆
大块肉
你敢
抱入柴木
点火
滚烫下来
蘸蜜

敢吗

2016-6-3

脸 谱

前夜的半张脸
一团白轮廓

后夜,月亮翻个身
黑塌塌一片

现在,人间恢复常态
失眠者在棉单里

道具个个跳出来
认领主人

    2016-6-26

瞬间被骤雨抹去

从屋檐跳下来
隐入花丛,白猫背上有

一道闪电
还有另一道闪电

湿漉漉的夜
梦里抽搐一下

白猫还在练习
从天而降

    2016-7-7

昆虫留恋夏天的锯末

蝉比以往更有力
这群诵经的孩子

单调接近完美的
隐于夏末的轻骑兵

木头上滑行,跳跃
在断裂之处终结
那些人微笑离开
你也抽身,去更远处

2016-8-15

我们在九月相见

都走了
你落在枝杈间

之前的情节被风吹乱
之后,无始无终

有什么不是这样
生与死,阴影都小

抬头看着
细雨里的微光

   2016-9-6

白魅影

菜园子一只白蝴蝶
被追进了窑洞

炕头锅头线头上昏暗
沾了片刻,停留在

手臂够不着的墙上
张满了一个圆

月亮是自己钻进窗户的
她不去陌生的地方

就在身上轻轻摇晃
却不能摁住

2016-9-20

老妖

老妖练成好身段
收缩自如,拉长搭你

抖魂,老妖练绝技
变成鹅蛋样的石头

被少年捡起
抛向远方的湖面

那女子尖叫起来
老妖心软,就没练下去

2016-9-28

垂着两条电线

写信时,它们落下
一条线串着六只

乌云里隐匿着亮光
另一条线割乱了大地

走了两只,又离开一对
剩下两只像冒号

换位,交谈,时不时
把湿打在对方身上

2016-10-27

大雪,白磨坊

大雪没来
跑来一小孩
扛袋玉米扣进粉碎机

屋子低矮
长满白毛,灰白蒙上了
一层层灰白

小孩使劲跺脚
一朵鞋花挤走另一朵
鞋花

2016-12-15

脊椎里嘎嘎作响的北风

奔跑在植物脸上
除了花朵，还有什么
猜吧，一次了
两次了，三四五六七
唇语
对，唇语
对型时候走神了
神在白净的脸上停留片刻
只有神知道每一张叶面的背后
除了灰尘，还有什么
猜吧，一次了
两次了，三四五六七
谎言
对，谎言
前面的话都是假的
也可能是反证
此刻，叶子卷起来
灰暗的耳朵里生长出细腻的毛绒
细腻很可疑
可疑到脊椎里嘎嘎作响

是北风刺骨
是一双手在那里刮出
血痕,这个词
在唇语是微张
可以是吸入沙尘的胸腔
可以是吐纳海水的盆骨
其实是忧伤
无从说起

   2016-12-17

香 水

注入瓶子时
承认有性别
贴上标签时
承认有信仰
挤到别人耳垂时
承认有欲望
孤独而执迷都带着毒性
香气迷人,是一滴一滴流不尽的
时间

招供了
香水说自己是
烽火台,贵妃池,洪洞城
景阳冈,颐和园,雷峰塔
十里洋场
水淹七军

2017-1-14

海岛金山寺

午夜出发
一个盹过了阳北
又一盹过了石北
一盹过辛集
一盹过衡水
到德州天下白

东行半日到庆云
祥云渐起,寺门敞开
不见海岛不见金山
一切皆无

2017-2-12

沟尔里村没人了

塔尔山前废墟地
可以有
燕尔胡同
画尔老街
刘尔大院
王尔故地

把人拿走剩下尔
去沟尔里转转
顺着南北方向找点旧物回来
还有什么不是
尔尔

2017-2-28

提灯的人

一个人经过
试图划亮火柴

燕子穿过巷子
时间长短不一

你们从何而来
又去往不同方向

提灯的人看不见自己
墙很薄,颜色很深

背后留下光晕
有风时就晃动

    2017-4-3

黑豆长出白嫩的芽

那么多人汇聚成海
火星们在木头上生长

那么多海星爬上来
一把铁锹深入土地

谷雨后,刨一个坑
放入一颗黑豆,等夜里

身体往上再往上点
星星就从海面跳跃起

够不着天空,探不到
森林,那么多人聚一起

劳累一生都将死去
黑豆长出白嫩的芽

2017-4-10

过去，住在自己身体里

打开门，点亮灯
将睡意的影子放生

将你变形，转身微笑
安放好整日的疲倦

时间裸出疤痕
我是一块暗红

你睡下，我脱身而出
看这副躯壳渐渐衰老

黑夜之子找不到一个
恰当的梦来拯救你

2017-6-14

你的利器蓬勃锐利

没有人递来火把
和指南针,没说何时返回

路上不会遇到人
不会有黑暗的来者

偶尔想起你的影子
都没有留下,只有猜测

你此时听到了呼啸
如果是野兽之王

你的利器蓬勃锐利
又小心翼翼

2017-6-24

有雨点的月夜

月色好,就聊宁静的窗户
雨天,就聊湿润的空气

很近了,那就聊瞳孔
睫毛,还有小眼袋

更近的地方就停下来
别翻皱纹里潮湿的月光

聊些皮毛事更适宜
忽冷忽热的温度

2017-6-24

牧羊人走在最后

先是一只
然后全都挤进村口

大地漂白了

吃饱喝足,打情骂俏
男欢女爱,颠三倒四

牧羊人躲在窑洞里

后来,先是一只
然后三下五除二
最后一只也没有留下

牧羊人走在最后

2017-6-24

夏至时间五点十八

遍地楸叶,遇见阳光就卷曲一下

将它们扫到墙根
如果在秋天,就点燃
楸树内部的味道
会吸进心里肺里

现在烧不着,只能等
下一场雨来腐烂

2017-6-24

早已失传的手艺

将碎片逐个捡起
夹在墙角,湮灭在草丛
蒙上尘土不再有丝毫锐利的
光芒,更要费心捡起

收拾全部伤痕
夜晚将完整无缺
吻合,粘黏,打磨
如精密修补崩瓷的牙
让它重新咀嚼褪色的生活
还能咬出伤痕

在乡村,让古老的艺术品
复活,这是早已失传的手艺

2017-6-25

瞬间之念

那耍刀人光影翻飞
我看得心惊
顿生剑心侠胆

在众人的背后
我摁住坚硬的把柄
将瞬间的星光闪耀送入鞘
吻住了雄心

鞘含着泪水
剑如鱼得水

2017-6-27

伐木工

树躺在地上
枝叶微微颤抖着
将树皮掰开,树脂流下来
嘀嗒的水声从树心传出
树在倒地的瞬间
将所有的负重压身下
那里还悬挂着微小的果实
熟得晚,季节就过了
苦涩的味道一口口吸出来
和树一起回味果园
繁花似锦与夜色浓重的气味
那时,靠着树干
一滴露水掉脸上
那时,看到树在往前走
然后躺下
你突然有了伐木的勇气

2017-7-3

骑车瞬间停下

下坡时碾过蚁穴
黑暗的,空洞的

我瞬间停下,返回
碾过的土地平坦如初

这条通往玉米地的小路
进出的蚂蚁浑身透明

我无法证实错觉
为何要突然停下

把车子倒推回去
让蚁穴盛开如花

2017-7-7

抖动一下

蝴蝶落在绢纸上
翅膀抖动一下

风的线条在笔下
也抖动一下

敲晨钟的人走台阶
都会抖动一下

  2017-7-15

鸽子般扑腾的雨点

鸽子停在远端
星星镶嵌在那里
光来自更远更黑的地方

鸽子落在近前
全身灰暗而清晰

慢慢走过来
带出泥的左脚
将要陷入的右脚

2017-7-19

灵魂的裂纹是一致的

石头好好走着
被河水冲散
更神秘的力量簇拥河水
石头被推翻
撞向另一块

灵魂的裂纹是一致的

  2017-7-20

最后一闪

一根火柴就能把你
擦亮,除非雨下
三天三夜,并刮走伞

踩着石头
我用整个身子贴墙
越走越快
擦,擦,擦
最后一闪
什么看不见了

2017-7-24

立秋的树

落下时慢
感觉不到

如果不去摇一摇
时光还很长

一半在地上
一半在天上

2017-8-18

夜行记

该出现的
等很久,没影了

我在这里
是哪里,都不是

有人在叫,环顾左右没人
我不敢答应,想着抓住什么

黑的部分
是深渊

掉进去啦掉进去啦
有人喊好几遍

2017-8-27

没有因果的夜

一整夜,它们叫什么
这么热烈
直到我听懂了
它们才安息
我才醒来

  2017-8-28

收了豆子洗澡去

夏天枯倒的豆荚
将整个季节拔出来

去县城楼上洗澡
小虫还在耳边飞

女儿说,昨天在桌上看到
你带回来的蜈蚣

还从裤腿里翻出来
一只蜗牛,三颗黑豆

我骑车返回村里
虫子也跟着飞回来

2017-8-28

玉米长成少女模样

夜行者踮着脚尖
只有裤脚出声,噗噗
风打的,雨水打的
都轻,也疼,哆嗦着
虫子鼓动此起彼伏
在剥裂的颗粒中嗅着
粮食味道里的潮湿
将这段沟壑填满
夜行者显现一段
迷失一段,再回忆时
他语无伦次却始终笑着
露出破损的门牙

    2017-9-1

花们也该谢幕了

向上活怎么都好
可谓千姿百态
向下落各有千秋
生是兄弟,死不相干

2017-9-2

和鸟们一起早餐

端碗蹲在树下
槐花就掉进来

七八只鸟在草丛里游戏
一只在高粱上荡秋千

把槐花嚼碎了
好高骛远的不是什么好鸟

飞得高还把
屎打我背上

2017-9-6

彼此野

蹲在草丛里捡酸枣
窑洞门朝天上开

一只野鸡突然飞出
呱呱呱呱,健美的身子

低空滑翔到坡底
野鸡,如果我这样喊

它只会呱呱呱呱
回应,野人野人

2017-9-24

延 误

五点半天不亮
六点还不亮
虫鸣整夜衰减下来
几点雨打在窗前
没有按时起床
延误了什么
是什么呢好像——
什么都不是,现在大雾里
所能见的这些
都值得怀疑

2017-9-29

拐进中石桥土路

单车在路上追逐
从远去的客车旁穿过
他们背影很小,很小了
我拐进中石桥土路
沟壑很长,声音进入空洞
白天走夜晚的道路
寂静中有更清晰的喧哗
每一株玉米都孤独
一排一排往后哗哗哗哗
一致发声,推到最远处
我不由得小跑起来
与公路相背而驰

    2017-9-30

晒 枣

母亲在坡上翻枣
把皱纹压身下
如果不被乌云掠走
如果父亲还能站起
就不用我去城里
兜一袋子药，治不好的药
吃了等好，等枣全身皱纹
咕噜噜滚进筐子
就有坚硬的核
挨了土地就开裂
重新长一次

2017-10-1

甘 蔗

在甘蔗林闪现的午后
书中隐去你，将另外一件事
做铺垫，让我们揭
一层秋风一层霜
打开旧门，一把椅子上
好像你还坐在那里
将甘蔗猛然折断
咔嚓，这个镜头足足有
二十分之一秒

     2017-10-2

往城边走

一只马蜂落地
几只围拢过来

行人左顾右盼,车流缓慢
停在城边

隔着八十亩庄稼地
还有一百多米河滩

水在石头下面
不见流速,还有很多看不见的人
站在那,保持距离

    2017-10-14

立春之后

他,问此刻下午还是晚上
我,将他的手臂放进棉衣
套上尿布,提起棉裤
穿了棉袜棉鞋
回答现在
太阳照进室内
窑洞上留着两个通风孔
上帝每天都投来
两眼
他,正在与之对视
我,看到了尘埃

2018-2-6

查无此人

雪没留下痕迹
一枚松果在脚印下面
被履带碾入土里

石头上长出绿芽
风呼啸而过,瞬间平静
挖下去,石头下面的火花
和蓝烟凝结成团

石头上的肉体
也将化为石头

2018-3-14

邻 居

鸟儿飞过去
一阵一阵,没返回
落在别家庭院

那里住着一个人
掏炉火,分开灰烬中
木炭与尘埃

2018-3-21

风整夜整夜

烛光微动一下
细烟有了波纹
灵魂在长睡者的顶棚
不时落下细尘

2018-3-28

不过一场梦

你走了
路上尘土飞扬
我也在走
前不着村后不着店
这是事实,事实不一定真实
刚才还聊了几句
还抱头痛哭如前个世纪
还问云不开,雾不散
还彼此安慰
这些都不真实
是个梦

2018-4-5

通往江边的路

风贴着四月地皮
碎花三三两两撞在一起
小雀弹出树枝
纤细的脚划出声响
一户人家挂上了白幡
喇叭朝着大江
雷电挂在背景墙上
很多人从这里走到沙滩
有人拣了晚餐
也遗弃锋利的贝壳
被潮水撞在一起
捡石头的人从沙中拔脚
发出沉闷的吸纳声
如果骨粒都硬朗并斑斓
透明的袋子里拎着
一路噗噗作响

2018-4-23

沙滩比江面辽阔

云过去那会
风,突然收脚

我低头看你时
你也抬头看我

沙子陷入脚
然后爬上全身

流逝不尽的沙子
连影子都没留下

2018-5-2

途 中

想起一人

走在黑巷子
最后留下声音在远处
在高处,在触手可及的墙上
镶嵌那里

星子遥远
巷子更黑
顺着这个声音前行
萦绕耳廓里
如迷宫

又有人进入巷子
如散落的星子

2018-5-7

第二辑　旧作一

无 题

黄昏搭住另一张
消瘦的臂膀,绿叶伸向
另一片青春的长发
两只舢板离岸很远处
绞紧了缆绳

1987-12-4

雪

轻叩小窗
门徐徐而开
钢蓝色的阳光
毛茸茸钻入脖子
一扭身
划开视觉的路上
冷和亮交替着
是你

1989-2-22

新年清晨的回忆

那对瓷瓶移到墙角
祖母在它面容上留下
银镯暗暗下沉的道痕
时光被反复抹拭
那时的祖母衣裳单薄
随着装满粮食的瓷瓶
沿着山路姗姗而来
烛明沉重而温暖
春天饥饿
孩子眼睛里的花早已脱水
我在瓷瓶的回声里
听到空洞的预言

1990-1-31

如何到达雪山

梦里还有清晰的鸟语
星光全部落在她的方向

早晨阳光稀薄
河岸的人还在歌吟

唯有你踏雪而来
这样白净,缥缈

绵延的光让我放下视线
从屋角看窗口含着雪山

    1990-3-3

水经之地

那片林中,孩子梦见
燃烧的河水淹没了
她离去的方向,一棵树
斜倒在坡端的根骨
扭曲着扣住土壤

她的脸庞不再清晰
桃花——萎落,贫困的蜂群
渡过水的厄运而后升腾
留下风及掀动的夜
使我动摇与迷惑

1990-7-30

九月之雪

眺望一条河穿过峡谷
淘夜空清亮而单薄
静静的九月很温情

野果细小在寒风中滚动
山脚下的兄弟们过河
每一步都留下了裂痕

去哪里啊异乡人
这个冬天的幸存者
在高原等待落雪

村庄静穆,灯火明灭
当雪抹去了光阴的痕迹
究竟等我的会是什么

　　　　　1991-12-28

天　鹅

在石缝中细细伸出
天鹅浮起的景色
废墟里藏起破旧的月亮

天鹅是梦的尾巴
蹒跚在雨中的脚印
飘逝的光阴深深浅浅

如果现在是春天
三只天鹅飞临故园
回到孩子的笑脸

时间是一幅画
在墓中破裂留下谶语
在一千年后打开

　　　　1995-11-29

风吹过来黑暗

风吹过来黑暗
黑暗是你的衣裳

沾上灰尘
没人认出你

落叶滑向低处
黑暗被风吹过来

   1996-9-11

寻 找

我想探访的少女
走向另一个房间

躲藏美貌和身世
过去或未来的母亲

寻找者——老去
磨掉石头的寿命

我们像两只鸟儿
交谈尘土与绿草

那旺盛的乳房哦
从另一房间转过来

  1998-12-29

一个人

一个人走远
一个人注视着

一个人老去
一个人注视着

一个人死亡
一个人注视着

一个人的一
没有二次希望

1999-2-25

第三辑 旧作二

手中有一把石头

石头飞去了
听不到它呼喊
水面平静
映了天空中飞鸟的飘逸
映了石头划过的彩色
这些都与我无关

2005-7-23

例子,由远而近

在我和群山之间
雄鹿眼里流着血

光,一边落下一边升起
孩子们聚拢在雄鹿前方

借口于物的存在
以及冬天的美丽

2005-11-2

窗外，博物馆

我故意让时间变化
光移到现在的位置
打在它身上

我让光移走
我也消失
我继续讲述

黑暗是横向的，声音是纵向
博物馆呈现外形
平静而有分寸，一点点后退
呆板的框格之外
流动在时间之外

    2005-11-2

半节课,换个房间

教学楼中间开阔
光线虚弱,没有方向
阶梯,段落静穆
那女子拾级而上

课中,要换个房间
她说,这里原是音乐教室

女子沿着画框离开
没有走到画中
音乐,弥漫出来
音乐,使这幅画更像一座殿堂

2005-11-2

北 方

风未曾停息下来
大地的皮肤如此清晰
毛孔间萌发熹微
在前北屯停顿下来的人
看见更久远的迁徙
那些湮没的村庄
卑微的书写一次次怀念
寒冷渐渐靠近北方
不问何来,不问何去
我就藏在他们中间
窑排列金色的次序
蜂房般沉静,他们
离开家园,稀薄的云彩
留下不多的时间
哪些人已经不再出现
马儿停滞,云团升起
一寸寸退却的草原
身不由己地走远
平静而龌龊地活着
阴影占满了时间和笔尖

河流终究会合

清晰的大地,如一

重复着无法替代的日子

不见树叶和天空

陈旧,也显得纯洁

天籁之音多么单一

夜赋予坟墓,星光赋予海洋

如你赋予我思想

孩子们的幻想承载其上

汾浍清波涟涟

遥指天河,静止的画

光线不愿改变去向

天作之分啊天作之合

如何再次踏入其中

嘲笑时间盲目

经历那么多的夜晚

等大雪覆盖山峰

茫然不知所向

2005-12-6

前北屯断片

狗年的店悬起狗头
在它寒冷的眼角下吊着
街道一侧正融化
踩雪水,回头看到屋顶
那是张多大的画
打开需要多长时间

房东搂着鲜草上梯
影子晃过,窗口暗了一下
屋顶圈着一群羊的家族
畜生抬高了地位
我在一层西北角
熬羊汤驱寒
头顶飘过羊的细语

找我,简单,拐到前北屯
连猫狗都满鼻子异味相投
别怕,它早看惯人间游戏
所有青春而且干燥的情感
为何不离开,还堕而不落

整夜这样,苍白失血的天
狗咬年月,他吻你,你说
搬家前写诗,在墙上分行

    2006-3-6

立 春

雪覆上麦地

老乡说盖了一床厚被子

踩上去,骨头嘎嚓

嘎嚓

嘎嚓

不在地下

是我骨裂

从脚趾串通全身

划开天庭

闪电一样

2007-2-22

内长城

白日梦的旁边是一把小号
淡紫色嘴唇,内长城边落雪
喷泉止了,水还在叶子上
那尊凝固的马头上
聆听十里北的马头琴
哀怨、恐惧和已消逝的星辰
一枚箭镞,没有印迹
或伤痕,或逃匿,或宿命
或享用死亡的盛宴

2007-8-2

鸟姿势

玉米秆
架着干瘦的腿
那只鸟,刚嘲笑过逃匿者

我的食指
模拟射击
砰

后果明摆着,鸟还是不动
怪怪地望着我
这下,该我逃匿了

    2007-10-12

聆听《独想》

月光照着自己的河谷
叶子埋雪下,虫子睡叶下
星星失落一撮小火焰
你在远方,马灯摇曳

如果一切能够坚持
会在骨骼的响动中聆听
身体的寒流里奏响的曲子

光升上了城墙
柱子像周身的骨头熠熠流光
诵颂已和呼吸一样均匀

2007-10-22

马背的黑

趴在低处的马背
和屁股，乌云堆积
天马将跨过我的头颅
将梦想一一踏遍
蚱蜢同样迅猛，穿越草尖
不会有乌云来压迫
像蟊斯，诜诜，薨薨，揖揖
跳上马背，在天空描上黑点
今夜的暴雨将非同往常
我愿意看到天马驰骋
蚱蜢也期待，最后的梦境

2007-10-24

花 儿

他们不晓得简单的名字
怨我唱不好,花儿,双手抱着自己
是你喜欢的样子
在寒窗里,看着他们走了
一切正在终结
覆盖很深的枯叶
很深的水流

     2007-11-1

偷 生

竹竿插着,腐烂着
这么小的天地,在黑夜
在梦中捆扎成排

卑微的人,偷生在一种时间里
时间允许万物生长
不露声色

   2007-11-6

十七世纪(长诗)

冬 至

周而复始的一天没有停顿
江户阳光鬼魅,腥气闪烁
放下经卷,死亡的鱼悬挂在天
从玄想的夜晚到仇恨的白昼
僧侣背着干粮还没有离开城
磨难在书经里转口而出
与典籍不相干,孩子接回圣殿
还有 12 天,冬至降临
岁月不声不响,故事由我讲述

蚕——1

神父对长江的惆怅
是对世界的惆怅,海员眼里
白,蓝,红,这个圆的世界这张皮囊
勾画线条,将它缝制成脑袋
他要提着脑袋见国王

白　银

"这些蹩脚的句子既是我精神之作
心灵的结晶,也理应献给你。"
银匠锤打比月光洁净的脸
挂满丝绸,油画,贪婪与情欲
也无法征服,苍白是一种记忆
"她的头发既不是夜色那样黑
也不像阳光那样金黄,而是刚好
介于二者之间"。工仔交给银匠
"你正是这具身体的灵魂,是这幅
肖像的身体。"太阳城上银色马车
被仰望与哀伤的夜空

黄　金

在母腹中脚下踩着狮子的王
大海隔断了幻想,灵魂漂流
女人生下婴,豹,蛇,白垩
忘掉年龄,时间,去向,故土
海水的声音从身体里传出来
大象哭泣,不再为生育而快乐
狮子如何漂洋过海,祭祀之舞
经过腐烂,幽灵无法得到附生
城池空荡,留下的人收获了
树胶,甘蔗,棉花,老女人
在植物的根部挖到黄金

僭越

白银与黑奴将颠覆这里
斑马挑逗一头狮子,白沙掩埋灵魂
"这便是僭越,这便是古时候的惩罚。"
独木舟上的语言与文字不是预言
"到今天我们正处于这样一个日子的前夕。"
英雄死了,他更爱自己的国家和兄弟
那些逃生的,还没有逃生的兄弟
从水下进入对岸,在音乐中摇荡死亡

海盗

"古里,古里。"
鲜血抹在脸上又被海水刷干
"我们吃掉船长,接着吃你
一旦粮食耗尽。" 沮丧的雅虎人
嘲弄了世界,眼睑上的苍蝇
北方贵族的苍蝇,上帝的使者
却不知上帝是谁,拯救谁
哥伦布麦哲伦巴伦支与丹皮尔
谁在比罪恶更加遥远的境地

蚕——2

旗帜被海风吹走了
云彩落下来,理想的孤岛上
扶桑,马尼拉,赤裸地飞

囚　禁

地狱之水被烈焰焚烧
首领借酒消愁，妹妹卖淫乞讨
教徒带来工匠，酒商，女人
光天化日诞生新的杂种
他们早忘掉了首领的死讯
岛屿在水中摇摆，上帝被淹没
黑人错将木帆船当作方舟
没有鸽子，有狗与娇媚的女人
光阴耗尽，名字刻在石上
三百年来都是英雄的孤独

丁　香

靠着盲人的回忆，气息混在一起
绘出叶瓣花色，女子芳名和运气
华人的家园遍地泥泞，石阶幽暗
刀子让水的香味漫过殖民的脚印
女人的香料群岛带走馨香的记忆
他无法走出房间，太阳穿透命脉
将所有香草混合分开散失，彩灯
能倾倒一堵墙，葬去妻女，还有
一场大火将绘图焚烧，摸不到了
这些气息安附的身躯，气息流逝
带去椰子，榴梿，和安汶植物志
那个世界黑暗了，两座火山之间

丁香堆积，浮华淹没了人生道路
弥漫海上的烟笼罩了它们的宿命
运河的船队得不到植物志的引导
他们也惧怕沉湎于这些混杂气息
将与那盲人一道忘掉家乡的道路

城　府

称得上一场预谋，上帝纵容冒险家
在神的力量在上，权力之王的沃土
淤泥被洪水卷起，连同堆积的粮仓
国王送走了使者，生长稻谷或战车
一切都必须预算，花园要精心浇灌
生长精壮的男子，还有妙曼的女人
白银做成了轿子，金属摧毁了头颅
檀香棒的气味中，脸面松开了皱褶
不信上帝信什么，子民收获了稻子
枪炮落入河水里，泛滥的葡萄美酒
替代血管里的红

蚕——3

解决欲望之间的距离
手掌比拟一段，到达一段
世界被太阳捧起而又摔碎

北　方

羽毛凌乱而归于寂静
猎人手臂里的音乐延续到白昼
木匠手腕，铁匠腰身，权力刀锋
龙骨拉紧绳索，轮船听从它入海的梦
河流溅湿了脚，冰冷到后世
雪浪壮阔，占卜不至，分道扬镳
寒冷囚禁了英雄，也让英雄冷酷无情
政治风暴在北方以北

南　方

孩子哀伤无尽
天上之水悬而未决，漏下泥沙
淘尽千年没有，宣纸沾粘
穿越朱门庭院街道到达天坛
风揭去衰老的脸面
被灵魂追赶的野兽最终不能开口
河流被制止，江山被移动
土地融化，河流枯竭
人心与庄稼从未错过季节

东　方

木头要被海水载去
在丢失的耳朵里的
树叶在一夜间卷走

木偶开出往昔的花
打火石捡回家做梦
潮湿被爱折磨的人
为主人而死的战士
烘烤的豆长出叶瓣
内外冻裂的海水里
青蛙跳水溅起光晕
老迈的诗人要远行
爱到极致因为冷酷

蚕——4

欧罗巴不是下里巴，凡尔赛金碧辉煌
阴影里人来人往，盘算肥胖的伦敦
潮水涌向阿姆斯特丹的中心
谁在操纵他们，宗教，权术，民心
经过英吉利海峡的小眼睛不再下里巴

西　方

花园尽头有光芒中心与极限
演技精确的人遇见暴民，睡着的孩子
在火光里熄灭，一个女子沐浴太阳
另一个拷问精神，简单到哭泣
涂抹自己，调和色彩，模糊的石头，高耸的石头
坚固了一场使命，音乐无法停止
正午时分，德国，太阳偏西，荷兰，太阳正红
太阳经过之地都源于一个辩题

混乱的庆典,绞乱的纹饰

之　西

火柴照亮城市
是城出逃还是国王出逃
将日常生活燃烧到顶端
玉玺坠入浪花,河流舒缓下来
隐蔽在视线外的战争
凯旋悄然而至城市的中央
制度崩溃或让人闭嘴
子民都将话语咬断在腹中
你我同去,捧着上帝之书
用什么拒绝河流,拒绝记忆
和忘却

再　西

鲸鱼抑制冲动
海水洗面的港口比嘴巴干渴
磨牙时间,秩序自由,或阴影里遵守规范
政治与经济的舰队穿越海峡
黑暗的女人,小酒馆,舞动的脚
囚禁地下室的人不断排水
有人淹死,有人浮生,潮湿,微暗
宁静的两本书,摩西五卷
无序的乱象

蚕——5

过来祈祷,别无他神
信什么又能怎样从弧顶绕过
少年吹去尘土,先知先见

沙 漠

夜长梦短,太阳正中央
在人生的旅途,走七圈
俯伏两次,昼与夜,头重脚轻
纯洁而更纯洁,驼队提前到达
干裂的嘴唇凑近黑石
没有贵贱,没有国度
罪过与新生,重复誓言的人们
或最后一次都不重要

西 南

"但愿来年我们会在耶路撒冷"
他们无比伤悲,到来或离去
"看顾以色列睡眠的上帝
自己睡不着",谁能赐福给你
嵌着黄金的诗篇,神圣的文字
微毫之间承担爱情的颂歌及果实
怀孕了,多福的你,儿女围绕你
橄榄一样青涩

返 回

行走山脉间,流水之上
炼金者等候信使
寓言在石头里面涌动
局限在智慧或愚昧中
人与人,物与物
勾肩搭背,又斥之千里

2007

大 雪

蜂群盘旋在扭曲的树上
更高的声音,鸟的幸福
是人为的快乐

白雪埋葬鸟的天赋
一次次高飞,凭借一棵树
并不在意此地为他乡

2008-3-15

乐 器

坐在满白的清凉
拿酒来,还有什么比酒通畅
颗粒无收的农民盯着
在烧荒来临前来谈论诗章
满面通红,比火更高,更孤独
乐器尝试着大地的声音
干草从脸上吹走了,乳白的光
纯洁的麦浆,都让我沉默
顾不及与乐器弹拨

    2008-3-24

毁 灭

不敢推开门扉,从墙上
取下乐器,任意一件足以这样美好
而毁灭
才有毁灭性的爱

2008-5-16

石 头

石头陷进耳朵
涂上浓烈之花

颜料不断流淌经过了村庄
画上云朵、飞鸟、蒲公英

再将它扔得很远
她们超越了石头

比石头还要固执
从山上一路下坡

我在山脚望着天空
那个石头怎么还不经过

2008-9-23

想去老家

一直想去老家走走
据说那里就剩下一棵树
只能梦见鸟
在某个高度停滞
在空荡荡的院子中央
将树削成干杈
不让鸟们来拜访

2008-10-18

宽容的弧度

1

山坡上侧成宽容的弧度
灵魂死在肉体里
时间是何等美的女子
一面之词,另一面之词
写上我所称道之美

2

山挺着半个身子
隐入水下部分,有点花样
更多的山趴在大地上
种子放进那个坛
半山坡隐秘的乳房
每日次第开放

3

没在只能抚摸的年龄相见
留下抚摸痕迹的器物
老了伤痕,指头弯到肉里

抚摸得更慢了一点
杯子渐白，没有一点迹痕

4

眼球撞开花朵
粘在衣领，绣在胸前
脚湿了，下半身湿了
慌乱中跳入，深渊并不深
抵不过时间的溃败

5

老马回到院子
皮夹上的汗聚合又分散
身内或身外，没有暗示
空白等同于无限
窗外一只驴哼哼连着哼哼
单调却总有新意

2009-5-3

节 奏

身体长成一列火车
必然要遇见路口

火车皮很厚,快点,再快点
左一姿势右一个姿势

赤足而行,身体在伸长
声音坚持远走他乡

将泪水缀满花瓣
每次颤动都小于铁轨

2009-5-7

谎 言

秋天吹开梦的皮囊
云彩边缘在燃烧

蝉子在树缝里睡着了
肉体舞蹈上天堂

鸟们的屋顶颤悠悠
在云端上聚合又被打乱

望到颈椎酸疼才低头
风吹过了真实的部分

2010-10-28

六行诗（13首）

1

鸟人鸟事在高处
不敢抬头，沙尘暴，冰暴
雨暴，风暴，鸟屎暴
它们有高度的鸟语花香
模仿有点小难度
学着，装点腔，作点势

2

只剩下了肉体
肉体也不再属于我
肉体回到身体去
想抓住一次，就一次
回忆等于死亡
永远也抓不到

3

蜷在猫的瞳孔里
回忆的通道，像，什么一样

什么可以像我自己
试着放在灯盏里
不用赋予,像,那个
名字,连同反光

4

柿子树知道他经过
就开花就娇媚,就靠他身上
一厢情愿,结果
意想不到的果
不停地坠落,他捡起来
擦拭每一颗结实的泪

5

山在水之上,也在水之下
在你之内,在你之外
想过了,我睡,你也睡
还有个声音清醒着
在叫你叫我还是在叫谁
爱情是狗娘,哼哼才踏实

6

躺下时抚摸器官,各就各位
睡不着,它们都不属于我
雨天,手掌和伞一起丢失
上班,嘴巴和粉末一起丢失

做爱，器官丢失
我想不明白，你也不相信

7

听，墙后的尘土
唰唰落下，蒙蔽了踪影
你往墙上写，墙后是音符
再往后是耳朵，他们
在耳朵后面等我，墙倒了
耳朵荒废了千年

8

一个男人和一条狗
一条狗和一个女人
行走在岛屿
海靠近他们，黑暗之光
轻轻哼唱，对岸有人喊
狗男女，狗男女

9

小草人跑了，它不想死
它跟着松鼠来到森林
在厚厚的叶子上忍受
阴冷，沉重，还有无知
松鼠跑了，猎人随他而去
巫师的小草人四处招摇

10

前人,后人,左右人
都没碰我,是谁
穿过肉体,用我的嘴唇
卖唱,亲嘴,还占用思想
绿灯开始摆腿
谁替我走两步

11

漫无边际地走
还要问,要去哪
还有什么永恒
低头想了想
星星已经漂移
我也离开了原来位置

12

不妨睁开自己的眼睛
那只苍蝇也在看
视而不见,挥之不去
找一百个理由离开
与黑夜一起驾驭马匹逃匿
一万只眼睛熟视无睹

13

老了，关节都不牵挂
也不折磨，挂在身上装蒜
一个个数，一个个捏
撕一张日历裹住一个蛋
你看着我，我看着你
蒜蛋蛋，干蒜也发芽

2011-1-6

丧　纪

给远方写悼词
死就死。那边回复说，太短
我改：就是死了，也值
那边再次回复说，严肃点，要写全面
我再改：简单地死，遗憾地活
那边回复：886
我觉得治丧委员们满意了
可是我还想改为：8

2012-6-27

物　纪

灰尘扬起,叶子落下
皮毛收紧,衰老刻不容缓
这些都无关紧要
风扫遍死角,也不重要
重要的物质,有秩序与暗示
风来风去在远处
还有什么与我一样叹息
哪些重要的物质留下来
与沙漠一道推进

2012-8-28

黑 白

一场大雪
大地黑蚂蚁

电梯上看到了
黑白相间

到顶层，人间便黑了
白，似入夜的雾

2013

工 友

握住,指头一个不少
这些年多不容易

不缺什么,多了也累赘
嘻哈,热泪盈眶

舍不得流下,手也不松开
空气拧成水蒸气

较什么劲,车间的人都看着
手钳正铰断钢索

2013

趁着扁扁的月光

整夜,我都在蹬
叫出怪声的自行车

车子是老王的,老王骑他爹的
他爹走时,葬得很晚

他说,白天短得要死
我说,连个星星仔都没有

老王退休送我破车子
还说,月亮走你也走

我开始审视这条道路
趁着扁扁的月光

2013

窑洞里的剃刀昏暗

正面一磨,反面
也一磨,反反复复

刀刃上的光有了苍白
摁住脑袋,窗前明月光

其实是日光,一声不响
所有的神祇都在审视

谁也不说,一盏灯暗了
没人等到一滴油

2013

鸟

鸟点头哈腰
鸟呼吸雾霾

鸟把枝头上的柿子啃光
鸟在发抖

鸟行为决定
鸟思想

鸟飞走了
鸟都没看我一眼

2013

履 历

没人愿意死
在蹩脚的鞋里

皮质,布帮,草底
木与铁,素色和花锦

穿梭于书中的鞋
没有名字之争

三寸到尺半,都试穿
城里陈列标准的鞋样

你看,那个提鞋的
光着脚,止于城门

2013

海

最大的镜子
我被甩到浪尖上

无穷尽的光
众所周知的喜悦映上天空

把帽子压低一点
海浪也低一点

海水漫过脚丫
指缝里留下细砂

土地和海洋
哪个在里哪个在外

骨头和血液
谁在包容谁

真理,彼此片面
构成了我与世界的真相

2013

借我一把椅子

从身边走过的
是陌生人

都没发现或多或少的变化
说笑的,沉默的

从椅子上下来的
泪流满面,怎么了你

借我一把椅子
我上去看看

2014

孤 独

一群人在跑
他藏在中间

最后,他们四分五裂
这就是所谓的从前

他站在马路中间
终于看到自己

警察来了,他也不躲
孤独,无所谓从前

他喊
人人都是贼

人人都回头看他
他蹲下来

    2014

继续走

人群中彼此陌生
掰开遮挡的肩膀

不见你
喊几嗓子也没回应

只好跟着他们
继续往前走

据说拐几个弯
再往前就是终点

也许你也正在喊
或喊着其他

2014

聊 斋

林子,城墙
隐约说话的两个人

是你和我
听树叶的声音多响

很久了,我们都没有
置身于自己之外

这不难,鬼在身外
白天才藏心里

我们说我们的
鬼在心里说鬼的

2014

记 号

那次道别
是在胡杨林

我一个人走在最后
狠狠踹了它一脚

我的疼痛
它会知道

2014

从果园出来

叶子的阴影下
另一片亮堂的脸

一个人的哀伤
夹杂在别人语气里

刚离开枝头的
第三片,落在装满苹果的车上

去向不明
连同那个人

2014

找 事

每天都有事
年份的,世纪的

或夹缝里的战争与停火
要找的陆续发生

某年某月某日
这天没雪,江面上无风

推开门扉
落下几小芽铁锈

进或不进,问
这重要吗

2014